五行歌集

母よ 妻よ

大村勝之

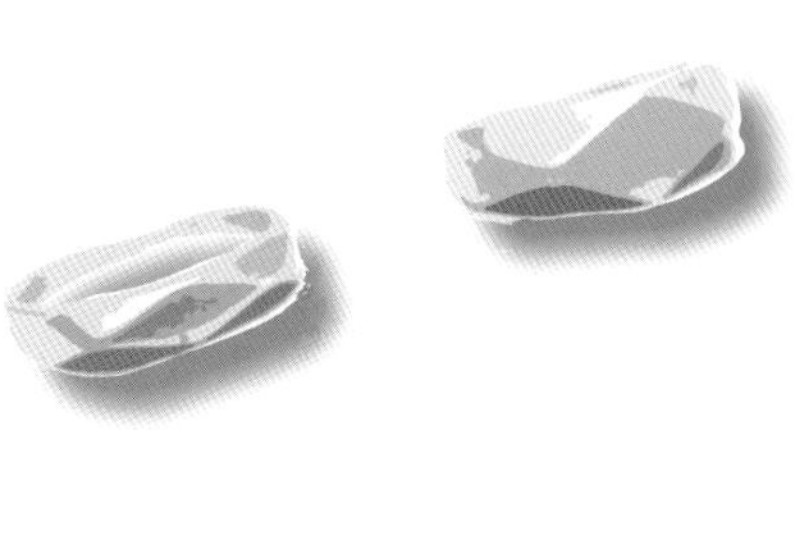

市井社

五行歌集

母よ　妻よ

目次

母よ 1

おふくろと言う
ことばの
響きは
やわらかく
あたたかい

老母《はは》は
鉱泉煎餅を
私と一緒に食べたくて
二つに割って
待っている

さくらそうという
やさしい名の病棟に
入院でき
優しい看護師さんがいて
老母《はは》はよかったと言う

付き添いする私を
叩いた手で
退院の日
老母《はは》が握り締めてきた掌は
あたたかかった

セピア色の
写真に写る
老母《はは》の
和服姿は
美しい

働き尽くめの
人生だった
老母《はは》の老後は
介護ホーム暮らし
心は切ない

上機嫌なとき
老母《はは》の顔は
いつも
ほんのり
さくら色

裸電球の下で
夜鍋で内職して
昭和の貧しさを
支えていたのが
母だった

老母《はは》が
「夏だからね」と
半紙に墨で
書いた字は
朝顔

お盆に帰れるのも
最後だと
お洒落をして
私の迎えを心待ちにしている
老母《はは》は九十一歳

久し振りの外出で
気分転換
夏帽子
忘れて帰る
老母《はは》

浅間山のように
時折寂しさを
吹き上げる
介護ホーム生活
七年目の老母《はは》

仏壇の父に
「お父ちゃん」と
手を合わせ語りかける
老母《はは》の背中が
小さい

身の回りの事が自分ででき
他人の世話に
ならない事が
幸せと
老母《はは》は言う

車椅子を押し
見送りにきた
老母《はは》が
方向転回するまで
私は手を振っている

老母《はは》のカレンダーに
一際
大きく赤丸が付いている
私が逢いに行く
日だった

昼と夜が逆転した老母《はは》を
車椅子に乗せて
病院の廊下を
悲しい気持ちで
押している

老母《はは》の手を
握っていると
観音様のように
穏やかな顔を
浮かべてきた

寂しさの涙を拭く
ガーゼのハンカチを
握り締めている
大正生まれの
老母《はは》の掌は小さい

娘時代
関西に住んでいた
記憶が甦ればと
老母《はは》には
千枚漬けを買いました

老母《はは》は
歩ける人は
いいなぁ〜と
車椅子を押す私に
囁く

飴細工のように
骨が
脆《もろ》い
老母《はは》は
要介護5

リハビリ
「よく出来ましたね」と
花丸を貰って
童顔に返る
老母《はは》

筍を煮て来てくれたのと
言う老母《はは》
季節感と
好きな食べ物は
忘れていなかった

車椅子に
乗るようになった
老母《はは》のために
ミシン油を
少し垂らす

逢いに行く
わたしを
神様か仏様のように想うのか
老母《はは》は
毎回手を合わす

周りに
気付かれないように
老母《はは》は
好きだった小さなアイスを
美味しそうに食べる

大正生まれの老母《はは》は
曾孫の名前を
覚えて
写真を見ては
呼んでいる

愛用の腕時計を外して
時刻を見ている
私に
まだ帰らないでねと
老母《はは》の合図だ

雪の降る日に
リックサックを背負って
老母《はは》に逢いに行くと
戦時中　買出しに行った
苦労話をしてくる

兜や鯉のぼりの
塗り絵を
自分で塗ったと
自慢する
老母《はは》は九十四歳

散髪をして
香りが残る
老母《はは》に
今日は美しいですねで
にこっと笑う

大正・昭和・平成と生きて
我家のひ孫を
初めて抱いた
老母《はは》の笑顔は
世界一

今度は逢いに行けないと
約束した事を
忘れて
老母《はは》は
私を待っている

お箸を上手に使えたのに
子供のように
スプーンで食べている
老母《はは》の姿に
心が痛む

足の浮腫みが
酷《ひど》い老母《はは》に
ゴムが緩い靴下を
探して買い
履かせている

敬老の日
ひ孫に
逢わせる
サプライズで
老母《はは》はにっこり

書道部の老母《はは》が
季節を感じる言葉を
お手本にする
今月は
紅葉

外の様子が分からない
老母《はは》に
外は寒いよと
ホワイトボードで
会話が始まる

ひ孫の
アルバムを捲り
この一枚がいい
枕元に飾るようにと
老母《はは》は言う

血圧が高く来てくれないと
思っていたのに
逢いに来てくれたの
ありがとう
その一言が嬉しかった

介護ホームで
また逢いに来てくれるかいと
握り締めてくる
老母《はは》の掌は
温かかった

靴下五足
洋服五着
下着五枚
箪笥の中を確認し
そこからお話が始まる

ヘルパーさんが
そっと教えてくれた
老母《はは》が夜泣きしている
さびしがる老母《はは》の姿が
頭に浮かぶ

やっと退院できた老母《はは》
小さく小さくなってゆく
でも
握る手は
あたたかい

動かなくなった
愛用の腕時計を
分解修理
最後のお願いをしますと
大正生まれの老母《はは》が言う

食事が
流動食になってしまい
美味しい和食が食べたい
老母《はは》が
七夕飾りに書いていた

介護ホームの
孤独な夜に
老母《はは》は
愛用するティシュの箱を抱いて
寝ているようだ

病床の老母《はは》が
子守歌を聞いているように
すやすやと眠っている
幸せなのかな
いい顔してる

今日は敬老の日
病床の老母《はは》に
私を産んでくれた
感謝の気持ちを
伝える

私が独りで逢いに行くと
渋い顔をしている
妻と行くと
にっこりと笑う
可愛い老母《はは》である

老母《はは》と
手を握ると
あたたかい
私の手が冷たいと
心配する

髪を整え
綺麗になって
お正月を迎えた
老母《はは》に
笑顔が一つ増えた

家族の優しさが
伝わったのか
老母《はは》は
そっと
涙をふいている

食事はよく食べていると
聞かされるが
老母《はは》が
だんだん
小さく見えてくる

逢いにきてくれてありがとう
その一言が聞きたくて
毎週金曜日
同じ時間に
老母《はは》に逢いに行く

老母《はは》に逢って
家に帰れば
泣きたくなってしまう
そんな時が
たくさんあった

六十八歳の私
老母《はは》にとっては
ずっと子供
だから
甘えてくる

今を必死に生きる
老母《はは》に
逢いに行く事が
一番の
親孝行

お通じが
ありますようにと
お腹を叩き続ける
老母《はは》の姿が
哀しい

雨が降っているのに
逢いにきてくれて
ありがとう
そう言われたら
素直に嬉しい

大正生まれの老母《はは》の
皺皺の掌
ひ孫の
柔かい手から
温もりを受けとる

食事時
素材が分からない
流動食になってしまった
和食が食べてみたいと
老母《はは》が囁いた

いつ帰れるのかと
呟く老母《はは》
酸素をしているうちは
まだ帰れないよと
話す私

退院できた
老母《はは》
逢いに行くと
幼子のように
甘えて来る

やっと退院が出来た
老母《はは》が
真っ先に
手を握り締めたのは
妻だった

もう少し居て欲しいから
握り締めた手を
離さない
老母《はは》の寂しさが
よく分かる

耳元でもう帰るからと言って
握手をして
手を振りながら
老母《はは》の側から
静かに離れてくる

孫が笑う
それにつられて
老母《はは》も笑う
とても
とてもいい顔で

老母《はは》の体温計が
腕に抱かれて
小鳥のように
チチチチと
鳴いている

退院できた老母《はは》が
お手製のお人形さんを
わが子のように抱いて
幼子のように
すやすや眠っています

老母《はは》の退院は
嬉しいが
我が家の前を通り過ぎて
介護ホームに帰るのが
悲しい

老母《はは》が集めて
茶箱に残してあった
手拭
お店の名は
懐かしいものばかり

老母《はは》は
あと四回
桜の花をみられれば
百歳
万歳万歳だ

すやすやと眠っている
その寝顔が
とても可愛い
老母《はは》を思わず
抱き上げたくなる

死にたいと言う
老母《はは》
5回目の入院で
点滴が
命をつなぐ

鼻毛が　鬚が
伸びていると
逢うたび言っていた老母《はは》が
何も言わなくなってしまった
寂しい気になる

母よ　2

おふくろよ
死ぬ事を
考えるより
生きている事に
真剣になるべきだ

超高速エレベーター
乗ったことの無い
大正生まれの母親が
握り締めてくる
掌はあたたかい

初物を食べる
母親の綻ぶ顔が
見たくって
蕗の煮物を
手土産に逢いに行く

死にたいと
言っていても
お手紙セットを
頼む母親は
まだまだ長生き

歩けないと呟き
杖を付いて
八十八才のリズムで
私を追い抜く母
まだまだ健在

掃除婦として働き
苦労してきた母
年老いても
便器を磨くこと
今でも忘れていない

逢うたびに
老いを感じる
母の手を
ずっと握りしめていると
明るい母になってくる

老母《はは》も
倅も
白髪の
美しさが
苦労の証

ホームへ
帰ると言うと
負けた高見盛のように
足取り重き
老母《はは》になる

お盆に外泊し
芋茎を煮て食べた老母《はは》
戦時中に空腹凌ぎに
食べた味
懐かしいと言う

夜なべをし
破れを継あてて
着せてくれた老母《はは》
今でも勿体無い主義の
継あて名人

老眼鏡を掛け
真剣に便箋に
ペンを走らせている
老母《はは》の姿勢が
みな美しい

ホームの白壁の個室で
四季の移り
感じず
暑い寒いだけが
わかる老母《はは》

笑顔が消えてゆく
老母《はは》と逢うたびに
私は胸が痛いが
老母《はは》はもっと辛いに
違いない

背中が丸まり
小さくなった老母《はは》が
歩けるのは
掃除婦として働いてきた
苦労の証

風邪ひいて
逢いに行ってやれない
私を気遣う
老母心《けはい》は
日本一

熊本おみやげ
デコポンの美味しさ
老母《はは》と味わい
笑顔で別れる
これが最高

富山の薬売りのように
冷蔵庫を開けて
残り物を確認し
交換しながらお喋りして
老母《はは》と別れてくる

介護ホームで
何もする事のない老母《はは》
読み終えた新聞紙を折畳み
おもらしした時使うのよ
恥じ入るように言う

便が出ないで苦しい
おもらしして辛い
どうなったら死ねるかなぁと
問う老母《はは》に
長生きすると言う

介護ホームに入る前は
気前が良かったが
今は通帳を眺め
お金の心配ばかりしている
老母《はは》になってしまった

お昼の時間になるから
そろそろ帰るよと言えば
寂しくならないように
来てくれればいいさと
老母《はは》は言う

嫌がって
入れ歯を付けて
3年
今は大事な歯と
思う老母《はは》

此処まで歩いて来るのが
力の限り
見送りは此処まで
もういいかいと私の手を握る
老母《はは》の手が温かい

老母《はは》には
ニューギニアで戦死した
兄がいた
セピア色の軍事郵便はがきが
教えてくれた

幾つになっても
老母《はは》から
頼りにされて
「また来てね」の一言で
疲れ解消

逢う度に
「辛いから死にたい」と
叫び続ける老母《はは》を
宥めるのは
私の役目

生家や兄弟を
失っても
蝗を食べると
老母《はは》は
ふるさとがあるという

終《しま》い湯《ゆ》は女の天国だと
昔の想いを語り
初湯に入れてくれて
ありがとうと
老母《はは》は言う

何時までも
借家住まいで居られないと
掃除婦をしていた老母《はは》が
終の棲家の便器を
掃除をしている

湯船に浸かり
老母《はは》の背中を
流してあげる
去年よりも小さくなっている
なんだかさびしい

卒寿になる老母《はは》と
介護ホームで
一つのおはぎを
分け合い食べる
春彼岸

ひ孫の
笑いに誘われて
卒寿の老母《はは》も
思わず
微笑んだ

介護ホームにいる
老母《はは》に
妻の手料理で
伝える
春夏秋冬

介護ホームに
首を麒麟のように
長くして待っている
老母《はは》がいるから
私は逢いに行きます

書けなくなったと
言いながらも
老母《はは》が書いた
言葉は
希望

敬老の日に
卒寿を祝われた
老母《はは》の
気遣いは
いつものトイレ掃除

皺皺の顔に
マダムジュジュクリーム
白髪頭に
椿油でセットする
老母《はは》なりのお洒落

今まで出来ていたことが
老母《はは》から
失われてゆく
現実が
辛い

辛いのに
何故死ねないの
老母《はは》の
ことばが
胸に突き刺さる

土砂崩れのように
崩れてしまう
足の爪
老母《はは》の人生
そのものだ

背中を流してもらい
首まで湯船に
浸かっている
老母《はは》の
恵比寿顔

アルバムに
カラー写真は
一枚もない
それなのに
老母《はは》は美しい

背中を流す
下半身は一人で洗うと言う
恥ずかしさ
老母《はは》の心に
未だに生きている

浮腫む手で
白菜漬けて
老母《はは》に食べられるよう
刻み持たせてくれる
妻に感謝

介護ホームから帰り
老母《はは》が子供のように
お泊りする日
布団を干して待つのも
親孝行の一つ

大正、昭和、平成と
生き抜いてきた老母《はは》
介護ホーム生活五年
私が逢いに行く日を
指折り数えて待っている

スルメのように
のびきった
老母《はは》のおっぱい
子供達三人を
一人前にした証

寝たきりになりたくないと
ゆっくりゆっくり
廊下を歩くのを
日課にしている
亀のような老母《はは》

介護ホームに
身を寄せていても
女心を忘れない
化粧する老母《はは》は
美しい

私の姿が
見えなくなるまで
手を振っている
老母《はは》の本心は帰りたい
そうに違いない

親からの頼まれもの
リハビリパンツを
買いに行く
自分の老母《はは》の必需品だから
恥ずかしくない

母の入浴は
介護ホームで週2回
我が家なら老母《はは》を
毎日入れてあげられる
何故か哀しい

働くだけ働き
苦労し続けて
最期は介護ホーム
此処しか知らない
老母《はは》になってしまう

家族の本当の優しさを
知っているのは
介護ホームで
私を待っている
老母《はは》だと思う

最期は我が家でと言う
老母《はは》の強い願い
それは出来ないよねと
寂しそうに
話す時がある

親に孝行するような
気持ちで働く
ヘルパーさんばかりなら
寂しがりやの老母《はは》の姿を
見なくて済むと想う

バナナを食べ
牛乳を飲んで
便が出てすっきりしたと
老母《はは》が話してくれれば
私の苦労も楽になる

ぶどう狩りで
高価な葡萄一房
老母《はは》と妻に
食べて貰いたい一心で
買いました

母よ 3

誕生日で
九十六歳になった老母《はは》が
美しい花に
うもれて
天国に旅立った

入院中に
老母《はは》が
差し出してきた
掌の温もりだけは
忘れられない

食欲がなくなり
7回目の入院
これが
老母《はは》の最後の
入院だった

老母《はは》が
新しい世界に
旅立つ時
しとしとと
雨が降っていた

老母《はは》が
逝って
四十九日
夢の中で
生きている

老母《はは》の姿が
見えなくなった
今でも
一緒に居るよな
気がする

遺品整理で見つけた
刺繍の長襦袢
着物博物館で
見てもらいたい位の
品だった

母が亡くなり
寂しいから
寂しい色の花を
買うことが
多くなりました

老母《はは》が居ないという
悲しみが
少しずつ薄れて
寂しさが
増してくる

老母《はは》が
生きていた
息遣いを感じる
真夜中にも見ていた
夜光腕時計

百歳まで
桜の花を観るのを
楽しみにしていた老母《はは》
あと四回なのに
旅立ってしまった

朝起きて
便器に座っていると
寂しがっている
老母《はは》の顔が
浮かんできてしまう

苦しみが
綴ってある
老母《はは》日記
読み返すたび
涙が滲む

小さなアイスクリームを
よく食べていた
母
お八つの時間になると
思い出す

亡き母の
若い頃を
思い出し
道の駅で
蝗の佃煮を買う

母が好きだった
バナナや蝗の佃煮
ヤクルトを
一周忌に
供える

私達が
買ってあげた
手提げ鞄が
亡母《はは》の
形見の品になった

亡母《はは》を
看てきて
辛い涙を
たくさん
流してきました

母は
父の作業着を
社宅の外洗い場で
手を真っ赤にして
洗濯をしていた

亡き母が繕った
ちゃんちゃんこ
着てみると
軽くて
あたたかい

母の持ち物が
整理された部屋
自己主張する
鏡台が
今も残されている

母が
愛用していた手提げ袋に
いざという時の
お金が
残されていた

母が
歌い聞かせてくれた
愛唱歌「われは海の子」
今も
こころに

水前寺清子が歌う
三百六十五歩のマーチ
聴く度に
手足を上げて体操していた
母を思い出す

正月には
家に帰りたいと
言っていた
母が逝って
もう五年

幼い頃
風邪をひくと
焼いた葱を手拭で包み
首に巻いてくれた
優しい母だった

前掛けのポケットに
海苔の佃煮を
忍ばせて
自分の席に向かう
老母《はは》だった

日本橋赤煉瓦ビルの
掃除を終えて
都電に乗る
疲れて帰る母を
待っていた

納戸の片隅に
おかれている
鏡台が
お洒落をする母の
遺品

母は
幾つも
蝦蟇口《がまぐち》を残していた
小銭は
子供に与えるものだった

亡き母の鼓動を
感じる
夜光腕時計が
私の腕で
動いている

遺されていた
ガーゼのハンカチ
母が
流した涙が
滲む

几帳面で
何でも大事にとっておく
性分の老母《はは》が
簞笥にしまい込んでおいたのは
広告で折った塵袋だった

ホタルブクロの
白い花が
雨に濡れて咲いています
割烹着姿の母を
想い出しました

老母《はは》が
居なくなった部屋を
寂しさだけが
サッと
吹き抜けてゆく

妻よ　1

妻が
優しいから
私の
歌も
優しい歌になりました

妻と
一緒に
居るから
最高に
幸せ

病気で寝込む
何か食べたいものがありますか
きいてくる
妻の優しさが
嬉しい

軽く濯ぎ
少しの物を入れて返す
「つけぎ」と言う
和の心を
妻は知っていた

病んで寝込んでいる
何度も
心配で見にきてくれる
気遣いが
嬉しい

私は
先に寝ている
ふとんをかけ直して
妻は
静かに去ってゆく

熱い味噌汁を
零さぬ様に
置いてくれる
妻の気遣いが
嬉しい

私の
病に
妻の優しさが
一番
効く

寒い寒いが口癖の私に
暖かいズボンを買いに行こうと
言ってくれた
妻の優しさが
嬉しい

老母《はは》を看る事に
苦労していた
それを知っていた妻が
優しく
接してくれる

老母《はは》の介護に
疲れると
私のこころに
妻の優しさが
しみこんでくる

私が
出来ないことに
応援してくれる
妻に
ありがとう

冬至には
妻は
母のように
お風呂に柚子を入れて
南瓜を煮てくれる

妻に
感謝し
柚子湯に浸かり
お正月を歌う
年の暮れ

結婚記念日に
妻に
感謝を
告げる
ありがとう

生花をする
妻は
花器まで
春の花に似合うものを
選ぶ

浮腫んだ手で
栗を剝き
栗御飯にしてくれた
妻に感謝し
御代わりしています

ミシンに向かって
洋裁を
楽しんでいる
妻を見ていると
嬉しくなる

妻が
時間をかけて
皮を剝いた
栗いっぱいの栗御飯
美味しかった

抹茶セットに添えられた
紫陽花という名の
和菓子
妻の誕生石
アクアマリンのように美しい

妻の
浮腫む腕から
流れ出す大粒の汗
腕貫で抑《おさ》えては
ミシンを踏み続ける

夕食を支度する
妻の浮腫む腕から
大粒の汗が
光って
流れている

握力が弱く
握れない
妻はラップで
昆布と鮭の入った
おにぎりを作ってくれる

冷え込んできた
台所で
包丁の音を響かせる
妻に
感謝

鼻をかむ音が
微かに聞こえてくる
風邪を引いたのか
大丈夫か
妻を心配する

日本の古典が
好きな
妻は
平家物語に
夢中

洋裁や
編み物が
出来る
私の妻は
日本一

「熱があるかも」
言った私に触れた
妻の掌は
氷嚢のように
冷たい

真夜中に
寝込んだ妻が
静かに
寝息を
たてていた

日のあたる
母がいた部屋で
ミシンに向かい
妻は
孫の持ち物を繕う

病の転移も無く
十年生きられたことに
感謝
仏前に手を合わせ
感謝する妻

検診帰りの
異常なし
妻の
短い言葉が
一番嬉しい

妻に
日頃の感謝を込めて
母の日に
赤いカーネーションを
買いました

妻の
笑顔が
見たいから
歌会の帰りに
好物の葡萄を買う

手が冷たい
私に
真っ赤な手袋
妻からの愛の
おくりもの

妻は
私に
父の日にと
白いベストを
買ってくれました

妻よ　2

古い
手編みのセーター
妻の手で
新しい帽子に
生まれ変わった

お父さん
そろそろ夕御飯ですよ
優しく呼ばれる
その響き
今が幸せ

真っ赤な林檎を剝いて
お父さんが
食べるのよと
妻が優しく
言う

誰も拾わない栗を
車に轢かれる前に
妻の浮腫む手の
リハビリに使えると想い
私は拾う

冷たい手で
湿布を貼ってもらう
血圧が
ゆっくり
下ります

一目一目丹精込めて
編んでくれた
着心地いい
愛のセーター
大好き

手編みの帽子を
この角度で被るのが素敵
そう言ってくれる
妻に
ありがとう

お母さん
お母さんと
何回も呼べることへの
幸せ
ありがとう

片方の乳房を失い
片手が不自由
それでも着物が着たい妻は
その日を夢みて
和箪笥に風を入れる

魚が好きな人は
食べ方も上手
食べたあと
標本のように
骨が残されている

肉を一切食べない
妻は
肉だけを
上手に取り出して
私に食べてと言う

「花燃ゆ」
妻が
独り静かに
黙って
見ている

妻の
手作り
おはぎが
美味しい
秋彼岸

私が作るより
妻が作る
薄味の
味噌汁が
美味しい

妻が作った
紫蘇ジュース
サイダーで割り
渇いた喉を潤す
幸せの時間

風呂場の入口に
妻の手作り暖簾が
静かにゆれて
銭湯気分を
満喫

妻が
夏みかんの皮で
甘くて美味しい
砂糖菓子を
作ってくれた

梅林の雪景色を
見た後で
真っ先に
妻に買う
梅羊羹

寒い寒いという
私に
妻が
ソックスを
編んでくれた

悩み苦しんでいるとき
さりげなく
背中をポンと
押してくれる
妻を頼ります

優しい心を
伝えるために
甘い乙女の匂いのする
白鳳を選び
妻に買う

美味しい桃だねと
妻が言う
道の駅で買ってきて
本当に良かったと
私は思う

桜のような
薄い桃色の
口紅を塗り
夫婦で
お花見と洒落てみる

妻が剝いてくれた桃
蜜をたらしながら
子供のように
一心に食べている
老母《はは》である

デリケートな果物です
手を触れないで下さいと
書かれていれば
益々桃の薄き紅色に
惚れ込んでしまう

店先に
桃の花が
咲揃う季節
妻の誕生日を
家族で祝う

白桃の皮を剝き
食べている
妻の頰
美味しさが
零れ落ちそう

病の転移再発もなく
十年生きられたことに
感謝
妻の快気祝いに
大好きな桃を買う

私に
優しくしてくれる
妻へ
感謝の気持ちを伝えたくて
何時も考えている

道端の名も知らぬ
花の名を
妻から教えてもらう
家庭菜園帰りの
楽しみのひとつ

妻が編んで
老母《はは》が
愛用していた帽子を
これからは私が
被ります

私の帰りを
何時も
心配して
待ってくれている
妻にありがとう

妻が
乳癌だって
嘘だと思いたい
乳房に
そっと触れてみる

暗くした湯船で
病の乳房を
浮かし
辛さを押し流す
妻のシルエット

乳癌と闘い
乳房一つ失っても
一つの乳房は
衰えぬ白さ
美しい

髪がのびてきて
鬘のいらない
髪型にセットでき
鏡に映し
妻にっこり

乳房を失った
傷痕に
そっと触れている
妻の
五年目の夏

妻から
気丈に
乳癌と告白され
心臓に
矢が突き刺さる

風邪を引いても
妻は買い薬で
治してしまった
「今」病院で
乳癌と戦っている

カーテンを
引き
独りの空間に
抗ガン剤と
戦う妻の姿あり

乳房を失った傷痕を
鏡に映し
柔らかきハンカチを宛がい
痛みに耐える妻
今日も勤めに向かう

浮腫む手の
リハビリにと
刺繍する
妻の腕に
汗が流れる

ペットボトルに水入れて
浮腫む手で
白菜を程よく漬けて
食卓に添えてくれる
妻の優しさ

職場復帰した
妻の笑顔を見るたびに
生きる
素晴らしさを
実感

乳房を失った妻
仕事を辞めると
決断し
写経をするように
退職願を書いている

乳癌手術後遺症
リンパ浮腫の
手を使い
蜜柑を剝いている
妻の心境複雑

乳房を失ってからも
職場復帰し
職務を全うし
辞める事にした妻に
感謝しています

病の回復を祈り
浮腫む指で
丁寧に千羽鶴を
折り続けている
妻の姿が美しい

縁側で
柔らかな日差しを
背に受けて
針を持つ妻の姿が
母親に似ている

夫婦の歌

老母《はは》がいなくなり
二人きりになった
助け合っていこうねと
話し合うように
なってきた

ラン展で
二人の気持ちが
一致した
胡蝶ランを
買う

妻と二人で
貼り替えた
障子に
差し込む日差しが
あたたかい

夫婦で
過ごせる
今の幸せを
大事にする
日々

陽のあたる
あたたかい日本間で
二人でランチ
これもまた
楽しい

百歳まで
夫婦で
生きたいと
願い
年金額を見る

妻は言いたいこと
はっきり言う
私は聞き流す
二人の関係は
これでいいのだと思う

妻は茶の間で
平清盛を見ている
私は掘炬燵で
今日の事を思い浮べて
日記を書いている

妻に愛してるよと
私は言う
妻から愛してるよと
聞いた事はない
本音を一度は聞いてみたい

友人の絵画展で
作品を見て
最上階展望レストランで
ランチする
妻との楽しみ

夫婦揃って
巣鴨お地蔵様で
病のところを
あらい
赤い猿股を買う

妻が突然
天気がいいから散歩しようかと
言ってきた
私は嬉しくて
お気に入りの帽子を被る

腰が痛くて
苦しんでいる妻に
折畳み椅子を買う事しか
出来ないのも
辛い

福寿草が咲揃う
自然が
巡るように
私達の結婚記念日を
思い出させてくれる

妻は弥生《やよい》
私は文月《ふみづき》
昔なら
柔らかく伝わる
誕生月

インフルエンザで
寝ている妻に
お粥を炊く
足元が冷えて
苦労を知る

このミニトマト
お父さん食べてみなさいと
妻の一言
甘くって美味しかった
自作はうまい

私と妻に
ありがとう
病床の老母《はは》が言う
じーんと胸が
熱くなります

妻と
一緒に居る
和室に
掘炬燵がある
心もあたたかい

生死の境で踠《もが》く
老母《はは》に
夫婦《ふたり》で
精一杯
愛を運んだ

旬の蕗を煮て
美味しいと思い
老母《はは》にも食べさせたいと
心一つに
夫婦で思う

妻が寝込んだ時は
せっせとお粥を作る
夫が寝込んだ時は
病院に行きなと言う
夫婦はこれでいいのだ

家庭菜園
夫婦で畑を耕し
息を切らしては
汗を拭き
農家の苦労が分かる

妻と二人で
満開の桜並木を
お花見できる
今年も
幸せ

二人きりになって
ふっくら御飯
味噌汁に卵焼き
ああ
これが至福の食卓

こんなにも
話し合う事が
あったのか
野菜作りの
夫婦の楽しみ

青春時代
峠の釜飯の窯《かま》で
自炊だった
今は何でもある
羨ましい

私

現役を
遠ざかっても
体に焼きつく
切符を売る
夢を見る

妻に
湿布を貼ってと
頼む
首筋に
八の字に

スニーカーを
履いた
私
少し
若返る

嫌らしい姿で
収穫できた
練馬大根
大根おろしで食べたら
辛かった

老母《はは》の姿を
看ていると
私もいつ他人様に
お世話になるか分からない
生意気なことは言えない

物を捨てられないのが
私の性分
みな
老母《はは》に似た
性格

赤子を産む
苦しみに耐える
悲鳴で
女の強さを
知った

疎開先の
炬燵の中で
生まれた私も
戦争を知らない
老人世代になるのか

家事一切
何も出来ない私は
妻に
寝込まれると
戸惑う事ばかり

昼寝するには
硬い枕と
柔らかい風
それに快眠を誘う
五行歌があればいい

死にたいと
言い続ける老母《はは》に
もう一口もう一口と
言いながら
スプーンで食べさせる

孫のためなら
何でも出来る事が
自分のためになると
急に億劫になる
年齢《とし》のせいかな

朝市で
手編みのセーター
ほめられて
「つい」買ってしまった
おみやげ品

年老いて
尿意で目覚める
午前三時
見上げる星空が
うつくしい

男が
恥ずかしい気持ちを抑えて
老母《はは》のため
下着売り場で
婦人用パンツを買う

疎開先の
炬燵の中で
私が生まれたとき
戦争は
終戦間際だった

お父さんの
鼾が煩いと言われて
ピカチュウ枕を
抱いて
一人眠る

編み物をしている
妻に話しかけ
数がわからなくなる
と
叱られる

寒気がすると
ふとんに入る
妻に
お粥を作り
心を尽す

体調を崩し
食欲が進まないときは
妻の優しいことばと
ミカンの缶詰が
嬉しい

熱を出して
寝込む私に
妻の冷たい掌が
薬よりも
効き目がある

辛い眩暈が
和らいで
妻が作ってくれた
お粥を食べてみたいと
おもう気持ちになりました

病んで
眠り込んでいる
心配で
妻が
寝息を聞きにくる

妻からの
優しい言葉に
若い頃を
思い出して
胸がキュン

終戦の半月前
炬燵の中で
産声を上げて
七拾年
古希を祝う

亡母《はは》のことを
「優しいお母さんでしたよね」と
点滴中に
看護師《ナース》さんに言われて
嬉しかった

血圧が上がっている私は
妻の作る
塩分控えめな
愛の味噌汁を
飲む

気持が
ゆきづまったとき
我慢しないで
妻に
話をする

母親の
背中を流す
小さな声で
「ありがとう」と言われる
それだけで私は満足

ハツ頭を洗う
水の冷たさで
介護ホームにいる
老母《はは》の姿が
浮かぶ

母は丸くて大きな
妻は綺麗な三角形に
握ってくれたおにぎり
今は握って貰えない
味を思い出す

疎開し蔵の中で
炬燵の中に石油ランプを灯し
産婆さんに取り上げられたと
親から聞かされている
私も人生後半戦

黒髪が
白髪になるまで
老母《はは》の忠告が
聞けるとは
私は何て幸せなのだろう

体調を崩し
寝込んでしまった妻に
お粥を作り
気遣うことが
出来るようになりました

老母《はは》の肉じゃがを
食べることは出来ないが
元気付けてくれた
あの味の優しさを
忘れることはない

母の日に
感謝の手紙と
リハビリパンツ代を
老母《はは》に渡す
親孝行が出来て良かった
一人で満足する

老母《はは》は言う
「辛いから早く死にたいと」
私は言う
「寿命があるうちは死ねないよ」
親子の会話だからこれでいい

老母《はは》から
苦労をかけるね
言われると
私もあたたかい言葉で
ありがとうと言う

粗相して
汚したパジャマを
洗って届ける
老母《はは》への
恩返し

生花をする
妻から
桐の花の
名と美しさ
教わる

何も要らないと
言う
老母《はは》に
優しい気持ちを
贈ります

文化祭で
美しい人に
お茶を点てられ
私の心は
和風になりました

幼い頃
原因不明の病で
父母と
病院に通院したことが
今も甦る

父母が使い
私も使う
ボロボロの
生活事典
現役中

七十過ぎて
あっちこっちが
痛い痛いと
老化が進み
歯科耳鼻科眼科皮膚科外科へ

妻に
貼ってもらった
サロンパス
魔法にかけられたように
ジーンと効いてくる

干支《えと》は酉《とり》
三水偏《さんずいへん》を
ちょっと手を加えると
私の好きな
酒になる

筍
初鰹
蛍烏賊
旬の全てが
私のつまみ

目の手術する
補聴器をつける
精一杯
生きるための
決断

補聴器をつけて
気づいた
早朝の
小鳥達の声
この爽やかさ

眼の手術をして
我が家から
見る
月は
一段と奇麗です

母の形見の
夜光腕時計
少しバンドが
余る緩さに
昔を想う

亡母《はは》が
真夜中に見ていた
青く光る
形見の夜光腕時計を
私も見ている

寒い冬には
湯豆腐で
ちょいと一杯
風邪をひかぬようにと
蜜柑を頬張る

昼
元気に動き
夜
気持ちよく眠り
朝　心地よく目覚める

現役時代の
習慣で
就寝前に
指《し》差《さ》確《かく》認《にん》
明日の計画する

父　八十二歳
母　九十六歳
生きた
私も
長生きしたい

父も母も
延命治療はしなかった
私の心のノートに
延命治療はしないで下さいと
はっきり書いて擱く

テレビの音量を上げる
補聴器をつけてないのと
その度
妻に
叱られる

老母《はは》を
想いだしたら
無性に
沢庵《たくあん》が
食べたくなりました

愛する五行歌

五行歌を愛し
五行歌に没頭する
これが
今の
私

妻を
愛するように
五行歌も愛する
世界は別でも
好きなんだ

残り少ない
人生を
思いきって
五行歌と
歩いています

漢字が好きな
孫が
私の傍で
原稿用紙に
五行歌を書き写している

歌会に
情熱を燃やした
歌人の死が
ボディブローのように
こたえる

老いてゆく
人生の
楽しみ
五行歌を
詠む

老母《はは》に逢えば
必死に
生きようとする
老母《はは》の詩《うた》が
生まれる

妻が編んでくれた
毛糸の帽子を被り
マフラーを巻き
あたたかくして
歌会に行く

大役を終え
妻の温かい言葉を
抱締めて
心地よく
眠る

ちょっと疲れたら
装丁を眺め
「海山」の匂いを嗅ぎ
読み返す
楽しみ

大役を終えて
今までになく
心がやすらぐ
余裕《ゆとり》が生まれる
周りの人達に感謝

大宮五行歌会の
二百回記念歌会を
開催出来た事は
順調に来ている証
未来に続く

息子が買ってくれた
広辞苑を捲り
五行歌を詠む
掘炬燵の中での
楽しみ

夢の中で
拾い集めた
言葉
五行歌《うた》に詠めて
うれしい

にぎりしめてきた
掌の温かさ
老母《はは》が
私を
呼んでいる

もの思いの論を
読んでから
ポンポンと
五行歌が生まれる
五行歌っていいな

未熟な五行歌も
朗読を愛する人に
読んでいただくと
とても素敵な作品に
聞えてくる

さいたまの街で
五行歌の
本が並ぶ
詩歌コーナーがあることが
一番嬉しい

五行歌をやっていることを
病床の老母《はは》が
忘れずにいてくれる
だから
私は歌会に参加できる

家族のことを
分かっている間に
老母《はは》の
詩歌《うた》を
たくさん詠みたい

詩歌を
詠むという
趣味は
人生を
奇麗にする

縁側の
陽だまりで
妻は編み物
私は詩《うた》を詠む
至福の時間

夕刊フジが
翌朝届きます
五行歌が掲載されています
楽しみがあるので
私の目覚めが早いです

老母《はは》が亡くなって
月日が流れている
それなのに
五行歌に
浮かんできてしまう

老母《はは》がいなくなっても
私の前に
五行歌が
輝いているから
頑張れる

私の五行歌の中で
父母は
相変わらず
今も
生きている

妻は編み物
私は五行歌
夫婦の時間は
静かに
流れる

老いと
格闘し
生きる
原動力は
五行歌だ

月刊「五行歌」を
一気に
読めば
私の心は
満たされる

美しく
輝く
瞬間がある
これからも五行歌を
詠み続けよう

新年の目標
孫から
おじいちゃんじょうずだねと
五行歌
褒められること

家族を愛し
五行歌を愛し
美しく
優しく
生ききる

温かい
縁側で座り
気のむくままに
五行歌を詠んでいる
至福のひと時

ほんとうに
いい歌が詠めたとき
身体の中に
五行歌を愛する
川が流れる

五行歌を
続けているから
ほんとうに
いい歌が詠める
自分がある

早期退職し
はじめた
五行歌
私の
宝

優しくしてくれた
その事を
詠めば
妻へ感謝の
詩《うた》になる

お酒を愛し
詩歌を愛し
家庭を愛し
趣味に凝る
至福の一時

今《現在》を生きるには
私には
五行歌が
心の
支え

寝る前に
日記を書く
五行歌誌を捲る
今日の疲れを
忘れるひと時

五行歌をこよなく愛した
大宮歌会の三人
雲の上で
五行歌全国大会in大宮開催を
喜んでいるに違いない

五行歌を愛していた友が
介護ホームへ
入居するという
知らせに
愕然

綺麗な
星空に
五行歌を愛していた
三人の顔が
浮かぶ

介護の歌

老母《はは》の
食事を介助し
病院を出るころは
何時も
肌寒い夕暮れ

老母《はは》のこと
私が一番解っていたから
最期に静かに
ありがとうと
言ってくれた

九十一歳の老母《はは》を
訪ねて
いつまでも元気でねと
そっと言う
敬老の日

4月のカレンダーのように
外は桜満開
老母《はは》に
見せたくて
車椅子に乗せる

病の老母《はは》
医師から迫られる
判断に
答える
私の決断

また来るねと
老母《はは》の手を
握れば
点滴漏れの青痣《あおあざ》が
痛々しい

妻が
私と一緒に
老母《はは》を見舞ってくれる
それだけで
十分

介護ホームで
車椅子を押す私は
他のお年寄りから
羨《うらや》ましく
見られているようだ

馬鹿よばわりされても
親は親
母の住むホームを
訪ねるのは
我ひとり

老母《はは》を最後まで面倒を看ます
と言うことが
よく考えると
責任が重い
言葉だ

お母さんを
よく看ましたねと
優しく
言われると
涙が零れそうになる

昼時の介護ホーム
お年寄りが
見ていないのに
オリンピックが映されている
空気が切ない

介護施設から
童謡「故郷」のメロディが
聞こえてきた
母を想い
涙ぐんでしまう

今のリハビリパンツ
窮屈と零し
恥ずかしそうに
頼む母
私は薬屋に走る

死にたい苦しいを
蒸気機関車のように
吐き出す老母《はは》を
最期まで
看るのは私だ

介護ホームには
決して言えない
食事がまずいと
私には言える
老母《はは》の怒り

老母《はは》に逢いに行くと
文句を言われる
溜め込んだストレスを
妻は優しい言葉で
半分にしてくれる

親を見捨てるのか
老母《はは》の怒声に
施設を変えた私は
心に鎗《やり》が突き刺さり
泣けてくる

介護ホームまで逢いにゆき
私の帰ってきた
顔の表情を見て
老母《はは》の機嫌が良いか悪いか
妻には当てられてしまう

春夏秋冬
季節感が
薄れてゆく
老母《はは》
外は雪かと聞く

老母《はは》の匂いがする
介護ホームの部屋が
終の住処だと
想うと
悲しい

私を産んで
一人前に育ててくれた
老母《はは》の
面倒を看るのが
最高の親孝行

贈り物はいらないと
言っていても
九月三日は誕生日
九月十五日は敬老の日だねと
老母《はは》は言う

老母《はは》に逢うために
乗り降りしてきた
バス停とも
介護ホームの変更で
今日でお別れ

毎月送られてくる
介護日記に
付箋を付けて
老母《はは》の寂しさを
知る

老母《はは》に伝えたい
気持ちを
しっかりと
ホワイトボードに
書く

また来るよ
また来るからね
そう話して
病床の老母《はは》と
別れてくる

習字をやりましょうの
声かけに
「希望」と書きました
介護日誌に
老母《はは》はこう記されていました

老母《はは》の嬉しそうな顔を
思い浮かべて
何時も
楽しみにしている
ヤクルトを買いました

老母《はは》の手紙

「世話になるね、ありがとう」
感謝の手紙に
震える筆跡
老母《はは》の声がする
私の宝物

貧困時代を
生きてきた老母《はは》
携帯電話などの
文明の力を持たずに
手紙書き差出一本やり

背中が丸くなっても
手紙を上手に書く
八十九歳の老母《はは》は
家族の
自慢だ

手が震えて字が
書けないと言いながら
子に逢いたいという
気持ちを籠めて
手紙を出してくる老母《はは》

老母《はは》八十九歳
今も続ける文通
届いた古手紙
その束の中に
友情が生きている

手紙だから
伝わる
その時々の
老母《はは》の
心境

今までの
老母《はは》からの手紙
読み返すたび
涙が
零れてくる

私を待たせて
手紙をすらっと
書いてしまう
92歳の老母《はは》は
まだまだ達者

寂しさを
伝えるために
泣きながら書いたのか
老母《はは》の手紙に
涙が滲む

老母《はは》からの
感謝の
手紙が
一番の
形見

母の遺品に
小さな紙箱
中には
母の日に届いた
手紙が沢山

三回忌前に
母からの手紙を
繰り返し読んでみる
慈愛とは
こんなにも心に沁みるのか

母は
便箋に
家族に波打った字で
感謝する言葉を
残していた

便箋に波打った文字で
書かれていた
施設にいて淋しがっている
老母《はは》からの
手紙

飾り気無い文章だけど
家族のためにペンを握ったと
思うだけで
老母《はは》の手紙は
嬉しいものだ

辛いとき
泣きたいとき
友に手紙を書くことで
楽になれると
老母《はは》は言う

子の病を
気遣いながら
老母《はは》は書いているのだろうか
心温まる言葉で
泣ける手紙を

父の歌

小僧から叩き上げられた旋盤工
切子が眼に刺さっても
マッチ棒潰しなめて取らせ
絶対弱音を言わない
厳格な親父だった

貧乏でも楽しかった
社宅生活
幸せだった
油の匂いがした
亡父《ちち》に今は感謝

遺族年金を貰う
老母《はは》に年金特別便が届いた
勤めた会社が全て倒産
父の辛い想いを
履歴書が物語る

生前の
小言も
感謝
盆に
亡き父想う

戦争にゆかず
軍需工場で
戦闘機を作っていたと話す父は
終戦記念日には
毎年水団を食べていた

旋盤工だった
父の目に入った鉄粉を
舌で舐めて
取っていたのが
母の愛だった

最期の
最期に
父が流した涙は
家族に感謝する
大粒の涙だった

油の臭いをさせて帰る父に
梅割り焼酎を買う
お使いが
少年の頃
私の役目だった

今年も
終戦記念日は
妻が作った
水団を食べながら
父を偲ぶ

亡父《ちち》が乗った
車椅子に
今度は
老母《はは》が乗る
その時がきた

菊の花を
愛し
大正の父は
ひっそりと
一生を終えた

夜学に行かないでよい
そう言って
好きな道に進ませてくれた
親の精一杯の
優しさだった

早慶戦の拍手歓声が
聞こえる
球場近くに
野球好きだった
父が眠る墓がある

自分に皹が出来て
足の皹に
蛤の殻に入った膏薬を塗り
火箸でのばしていた
親爺の姿が浮かぶ

捨てられない
亡父《ちち》の作業着
妻が手提げバックにしてくれた
私は
破れるまで使おうと思う

辛いことがあっても
辛抱するんだと言う
父母の教えに
生きて
今の自分がある

おじいさんは
柴又帝釈天の御札を背負い
空襲を逃れたと
父に聞いている
我家は今も守られている

見つけた履歴書には
勤めた会社
全部が倒産
亡き父は
苦労していたのだ

お世話になりました
最後に聞いた
父の言葉が
昨日の事のように
耳に残っている

旋盤工の父が
残していった小刀
蝦蟇《がま》の油売りの
口上のように
紙がスパッと切れる

朝ドラに出てくる
ミシンがあった
動かなくなれば
器用な父が
何時も直していた

遺品整理で見つけた
筑波万博でロボットが書いた
父の似顔絵
老母《はは》の写真と
並べて飾る

旋盤工一筋に
生きた
父が残してくれた
富士山型文鎮
私の宝物だ

貧しくても
生きるのに
精一杯だった
父母の心は
熱かった

両親共働き
住まいは
父の働く社宅長屋
それでも充実していた
そんな時代があった

中島飛行機工場が
焼夷弾の直撃を受けた
その恐ろしさを
父は涙を流し
話をしてくれた

父と母
買い揃えた
家電品が壊れて
我が家から
昭和が消えた

手を
胸に
当てて
平和を祈る
終戦記念日

父と母が
内職で
おもちゃを仕上げる
接着剤の匂い
今でも忘れない

父と母に
初の賞与《しょうよ》をあげた
喜んだ
その時の笑顔
忘れない

父母が
大切にしていた
風呂敷が
不意な買い物でも
役に立つ

父は
湯のみ茶碗で
梅割り焼酎を飲んでいた
強く逞しい
大正生まれだった

広島忌《八月六日》
長崎忌《八月九日》
終戦日《八月十五日》
世界の平和を祈り
黙禱

父の帰りを待ち
焼いた
秋刀魚が
丸い卓袱台に並ぶ
昭和の夕餉

旋盤工だった父の
自作の結婚指輪が
小さな箱に入って
鏡台の引き出しに
二つあった

父が働いていた
会社が倒産する度
移り住んだ下町は
人情が
厚く温かかった

旋盤工の父が
万が一のために
遺しておいてくれた物は
小さな
ダイヤモンド

妻が
栗ご飯を作ってくれた
昔を思いだしながら
美味しく味わう
父母の顔が浮ぶ

孫の歌

生まれたばかりの
赤子を抱く
ふわっと
優しく
ずっしりと重たい

孫達は
弟が生まれて
嬉しそうに
にこにこと
見ている

孫の
公園デビューで
一緒に
ミニＳＬに乗る
夢が叶う

ようどん
それを合図に
走ってくる孫
今が一番
可愛い時期

鯰《なまず》の天麩羅と鰻重を
ほぼ一人前食べた
孫の笑顔
何とも言えない
いい顔だった

私のネクタイを
妻が
孫の蝶ネクタイに
作り替えて
お宮参り

第三子が
産まれる
妻に問う
孫は皆同じ
と言う

お目出度を
介護ホームにいる老母《はは》に
知らせると
お腹に触れて
よかったと繰り返す

初孫が
生まれて
初孫と言う名の
美酒に酔う
気分は最高

土用丑の日
鰻重は
初めての味
にんやりと笑う
孫一歳

乳離れして
一歳の孫は
大きく口をあけて
美味しそうに
いちごを食べる

にっこりと
笑う
孫の口に
見え隠れする
前歯

ふわっとした
重さだった
初孫
お食い初め過ぎて
ずっしりと重たい

三歳になろうとする
孫が
覚えた数字を
小声でそっと
教えてくれる

お宮参りでも
初孫は
神様に操られるように
すやすやと
眠っている

おかあさんの
乳房に触れて
赤子は掌を
花の蕾がひらくように
ゆっくりとひらく

生まれたばかりの
赤子の顔を
見た
可愛くて可愛くて
ただうれしい

柔らかい赤子の頬に
そっと触れて
何で
孫ってこんなに可愛いのか
にこにこしながら抱いている

おばあちゃんは
お乳が無いのよと
言いながら
泣き叫ぶ
孫を抱き上げる

イナイイナイバァーする
ひ孫の写真を見て
老母《はは》は
静かに
微笑んでいた

初孫の
眉毛の濃さ
先代に似ていると
誰もが
語る

初孫が
産まれてから
シクラメンの香りが
漂うように
幸せな我家

愛らしい孫の
初寝返りを
見ていたら
爺爺だよと
つい言いたくなりました

孫を抱いた
ずっしりと重く
あたたかく
胸が
熱くなる

はじめの一歩ができた
ひ孫が逢いに来て
笑えば
老母《はは》も
喜んで笑う

おじいちゃん
おばあちゃん
ピアノありがとう
孫の喜ぶ顔が
一番嬉しい

孫が遊びに来るのを
楽しみにする
私達は
すっかり
爺婆になっている

弟が産まれる
長男は幼稚園バスまで
お婆ちゃんの手を引いて
せっせと
向かう

やっと
寝ついた孫から
そっと
優しく
離れてくる妻

お婆ちゃんの
キャベツの千切りが
食べたいと
お子様ランチを食べながら
孫が言う

家族の歌

妻が
入院し
課題は
私の
家庭科実習

妻入院
お袋ケアホーム
息子就職試験
自分炊事洗濯
我が家の非常事態

何時の日か
介護ホームから
戻れる事を信じ
老母《はは》の茶碗を
家族がしまう

妻に教わりながら
焼いた卵焼き
家族の分
きちんと三つに
分ける

結婚した二人が
遊びに来る日の
おもてなし
妻が作った
チラシ寿し

普通のフライパンでは
重たくて使えない
小さく軽めの物を
息子夫婦が
母の日に贈る

握力が弱い
妻に
小さく軽い
掃除機を
買う

息子が
結婚する
色々と決める
その事が
特別うれしい

親に聞くこと
まだまだ多く
何をするにも
電話してくる
新婚夫婦

優しい子に
育ってくれたのに
結婚して
別に住むという事が
ちょっぴり寂しい

私は
オムツを替えた事が無かった
息子は
必死に替えている
頼もしい

ひ孫を抱き
卒寿の老母《はは》は
涎掛けの刺繍を見て
「ハイカラに名付けたね」
と笑う

母の日は
お母さんに
父の日は
お父さんにと
息子家族からの贈物がある

妻と息子夫婦の
気遣いで
何度もお祝いしてくれた
今年の父の日
とっても嬉しい

父の日に
自家製の
揚げたて豚カツが
食卓に並んで
幸せ

送り盆
仏様にと
おはぎを持って来てくれた
とても嫁の気遣いが
嬉しい

妻から
洋裁を
教わる
我家《わがや》の嫁は
一生懸命

孫の卒園式
安産祈願に水天宮に
次は
孫の入学式
めでたい日が続く

息子から
お目出度ですと
聴かされた時
一番
幸せを感じた

老母《はは》の病気が
教えてくれた
家族の協力が
一番強い
味方だ

眼の手術をして
快気祝いに
息子家族と
鰻重を食べられた
幸せを感じる

親父とおふくろが
生きていたなら
ひ孫の誕生日には
何か買ってやれと
言ったに違いない

台所に
妻と
嫁の
笑顔が二つある時が
嬉しい

老母《はは》の厳しい
言葉に
落ち込んでは
家族の優しい
言葉に救われる

手作りケーキ
息子の嫁さんが
バレンタインに届けてくれた
今日一番
嬉しい出来事

病み上り老母《はは》が
ロボットに似た
歩き方で
家族を
安心させる

オセロゲームのよう
病をひっくり返し
昔の老母《はは》に
戻って欲しいと願う
家族の心情

遺品整理で見つけた
母の長襦袢
表装額に作り
新盆に
形見分け

第三子を妊娠中の
妻に
靴紐を
結んであげている
息子の気づかい

感謝しているからね
ありがとうと
老母《はは》が言ってくれるだけで
家族は
救われる

懐かしい日々

樹齢百年大欅が伐採された
クレーンに吊り下げられ
生きていた証の
清らかな水を
切口から最後に流す

男の料理教室で
覚えてきた
コロッケ
夕食の話題の
華になっていた

店員よりも
体験学習の
生徒の手
生き生きと
よく動いている

現役時代
切符を売り
覚えていた駅名が
旅番組紹介されて
あ～懐かしい

稲穂が入ってきた新米《あきたこまち》で
炊いた
栗ご飯
大きな栗
最後に食べる

子に食べさせ
生きるために
昭和の親は
稼ぐことにおわれていた
今は昔

線路に耳をあてて
貨物列車の
走り去る音を
聴いた
少年時代が懐かしい

都電が走っていた
昭和の時代に
原付バイクに乗り
お米配達のアルバイト
みな　懐かしい

雷鳴の響きで
逃げ込んだ蚊帳の中で
祖母が扇いでくれた
おくり風を
頬が未だに覚えている

ラッパを吹きながら
売りに来た
豆腐屋から
行けないという知らせ
昭和が遠くなる

長屋社宅の
軒下で
炊事洗濯する
当たり前のようだった
昭和の暮らし

精肉店が
店先で揚げた
コロッケメンチカツ
経木《きょうぎ》に包まれていた
昭和が懐かしい

一人で汽車に乗り
母の田舎へ
行った
夏の日の思い出が
懐かしい

カレーウドン一杯食べれば
プロレスを見られた
私にとっての昭和は
でっかい夢を見る事が出来た
いい時代だった

大正昭和平成と
生き抜いた
父母の
思い出が甦る
日本橋

昔のような
卓袱台を囲む
暮らしであったなら
世を騒がす殺伐とした
事件は起きないだろう

手提げ袋を
今も持ち歩くのは
温もりを感じ
母を
想いださせてくれるからだ

泥鰌《どじょう》の唐揚げ
懐かしく
母の故郷
パッと目の前に
広がった

柔道の帯で叩かれた
悔しさは
半世紀以上過ぎた
現在でも甦る
今なら体罰だ

丹頂チック
柳屋ポマードで
頭を決めて
颯爽としていた
青春時代

大正の老母《はは》も
昭和の倅も
秋刀魚の苦い腸を
食べながら
噛締める思いがある

四季の流れ、時の流れ

かき混ぜると
臭い糠床に
妻が浸けてくれた茄子が
一夜で濃紺に染って
美味しいんだ

焼酎に浸され
渋が抜けきって
柿は
女性のように
とろりと甘い

つつじの花一輪
蜜を吸いながら
下校して来る
子供の気持ちは
昔と変わらない

ふり続ける雨に
鶯が
しみいるように鳴いている
紫陽花の花は
しっとり濡れている

子供と
綾取りをする
夫婦の指に
結婚指輪が
光っていた

若い娘さんの
墓参り
お線香の臭いと香水が
混ざって香る
春彼岸

舞い散る
桜の花びらが
川の流れに
幾つもの
小島を作る

旧家の
あった所が
政権交代したかのように
次々と
建売住宅になってゆく

縁日で
金魚すくいする
子供達
昔も今も変らない
真剣な眼差し

掌《てのひら》いっぱいの
蕗の薹
お隣さんからの
おすそ分けで
春の気分

渋柿を
干柿にして
御裾分けしてくれる
お隣さんの気遣いが
嬉しい

ジュディ・オングが
舞台衣装を広げるように
子供動物園の孔雀は
煌びやかな
羽を広げる

毎日上り降りする
階段の割れ目に
小さな都忘れの花
誰にも気付かれないよう
ひっそりと咲いている

今夜は栗御飯
よい香りが
ふわっと広がる
季節限定の
幸せ気分

ブラウン管テレビを
廃品回収に出す
親が苦労した
思い出が
また一つ・・・

突然の雪に
耐えきれず
ストローのギプスをつけ
真っ直ぐに咲く
水仙の花

菜の花の
辛し和え
蕗の薹の
てんぷら
はる満開

些《いささ》か
うんざりするような
長雨を
喜んでいるのは
庭の紫陽花のようです

暗闇の中で
水の流れのように
蛍は
す〜と点じ
す〜と消える

ラップの①②③と
印の順に
剝がして
コンビニの
おにぎりを食べる

跋

草壁焰太

この人は私にとって特別の人である。私の詩歌業の運命にも関わるような存在である。

私は、詩歌を業として生きて来て、この人が仲間となって、目を開いたような気持ちとなった。

この人が、五行歌を書き出した最初の頃、私は「なんという甘い人だ」と思った。こんなに母や妻に対して、手放しで感謝し、愛し、誠を傾ける人はそれまでいなかったからだ。

ところが、一、二年経つうちに、この人の歌がまったく変わらないのを見ているうちに、「こりゃあ、ほんものだ」と思うようになった。いったんそう認めると、この人こそがほんものだと思うようになった。

嘘がない。歌に表されている愛、感謝、信頼、まことが、大村勝之という人そのものなのである。口ごもったり、照れたりすることもない。そのままを書く。そのそのままの気持ちが、男、人間の本来持つべき心だと感ずるようになった。

さらに、私はいままでの日本の詩歌史までを疑うようになった。長い間、人間の気持ちを書き続けて来た詩歌史が、これほどまでの男の母や妻に対する愛と感謝、信頼、まことを表したことはない。何故なのか、と。

とすれば、大村勝之さんは、最初の愛のうたびとではないか、と。

老母《はは》は
鉱泉煎餅を
私と一緒に食べたくて
二つに割って
待っている

すやすやと眠っている
その寝顔が
とても可愛い
老母《はは》を思わず
抱き上げたくなる

逢いに行く
わたしを
神様か仏様のように想うのか
老母《はは》は
毎回手を合わす

散髪をして
香りが残る
老母《はは》に
今日は美しいですねで
にこっと笑う

歌は人の気持ちを表し、人に伝えるものと言っている私は、五行歌運動を始めた頃、こういう歌が出てくるとは思っていなかった。私は多くの人の歌集の跋で同じようなことを書いてきたが、大村さんこそはその代表だったと言っていい。
妻に対する愛、感謝、信頼、まことも圧巻である。

妻が突然
天気がいいから散歩しようかと
言ってきた
私は嬉しくて
お気に入りの帽子を被る

妻が
優しいから
私の
歌も
優しい歌になりました

白桃の皮を剥き
食べている
妻の頬
美味しさが
零れ落ちそう

妻に
貼ってもらった
サロンパス
魔法にかけられたように
ジーンと効いてくる

大村さんの歌は、一貫していつもこうである。ふつう、人は揶揄してみたり、照れたり、反対のことを言ってみたり、いろいろにひねりを入れるものだ。大村さんは、そういうことをしない。母と妻が、美しく、優しく、神のように見えているようである。また、自分も愛されていると信じている。

仲間の間にいる大村さんも、一貫して変わらないまことを尽くす人であり、人みなに愛されている。私に対しては、大村さんは読売新聞の埼玉版の五行歌欄の切り抜きを、一日ももらさずノートに貼りつけてくれている。

年間賞を選んだりするときに必要だから、私は感謝している。一度も欠かしたことがない。こんな方もいるのかと、私も、家内も驚いている。

おそらく、他の方々にもそうではないか。

しだいに、私は人間性に関して、無言のうちに指導を受けているのだと思うようになった。そう思っても、すこしも抵抗心は湧かない。いい人に巡り合ってよかったと思うだけである。

大村さんの歌は、私だけでなく、五行歌誌の中でも人目を惹くようになり、みなが敬意を払うようになった。

とくに女性の方々から、好評であったのは当然であろう。妻である女性、母である女性は、このように愛され、感謝され、信頼され、まことを尽くされたら、どんなに嬉しいだろうか。しかし、ふつう、男は逆に悪ぶったり、実際に悪かったりする。

私も、こうあることが出来ただろうか。たぶん出来なかったろう。しかし、ほんとうはこうあるべきだったとは思うのである。

逢うたびに
老いを感じる
母の手を
ずっと握りしめていると
明るい母になってくる

私に
優しくしてくれる
妻へ
感謝の気持ちを伝えたくて
何時も考えている

車椅子を押し
見送りにきた
老母《はは》が
方向転回するまで
私は手を振っている

抹茶セットに添えられた
紫陽花という名の
和菓子
妻の誕生石
アクアマリンのように美しい

歌集には、「私」「夫婦」「介護」「父」「愛する五行歌」その他の章があるが、母、妻に関するテーマは、その中にもちりばめられている。大村さんの育った家庭、時代、環境に関する歌もあり、仕事の歌もあるが、そこにも庶民として生きる篤実な、あまりにも人間的な姿が見える。

人は本来こうあるべきだったのだと、それらの歌が物語るようだ。

もし、大村さんのように素直だったら、こう生きられるのではないか。私はそう思う。だが、出来ない。このように人らしく生きる能力がないのだと、この頃、私は思うようになった。このように、本来こうあるべきだったように生きられるのはもう一つの特異な能力ではないかと。

大村さんは、典型的な母思い、妻思いの人と、人は思うかもしれない。しかし、私はそうは思わない。大村さんのような人は、これだけの数いる五行歌人の中に他におらず、また長い日本の詩歌の歴史の中にもいない。

この人の愛、感謝、信頼、まことの世界は、この人だけの個性である。おそらく、この歌集をすばらしいと思う人は多いだろうが、同じように書く人は出ないだろう。模倣では出来ない、それを個性といい、芸術というのだと思う。

あとがき

五行歌を愛してきて、振り返ってみると十八年の歳月が流れていました。五行で詠んだ言葉が五行歌として残せるのだと思い、念願の歌集を出すことを決心しました。

私は、国鉄「現ＪＲ」マンとして三十八年間に渡り業務に励んでまいりましたが、老いてゆく母を看るために早期退職の道を選択いたしました。

五行歌との出会いは、そんな時に毎日、新聞を丁寧に読んでいた母から「読売新聞に五行歌欄があるから」と教えられて歌を投稿した事でした。それから暫らくして大宮五行歌会の発会のお知らせをいただき、参加して今日に至っています。

毎月の五行歌誌には投稿を欠かさず、各地の合同歌会、近隣の交流歌会、年一度の五行歌全国大会、松島、福井、旭川、阿蘇、東京（世界大会）、静岡、大阪、新潟、東京（品川）、小諸、横浜、福岡、びわ湖、盛岡と楽しみながら参加することが出来ました。歌会に気持ちよく送り出してくれたのは家族であると感謝しています。第二十八回五行歌全国大会は、大宮駅が中心になり開催することが出来ました。これも全国の歌人の絶大な応援があってこそだと思って感謝しております。

心に響く美しい優しい歌を詠まれる大村さん、歌集を出すようにと草壁焰太先生、三好叙子さんからお話がありました。更に歌友からも、大村さんの歌集を楽しみに待っていますと聞こえてきました。この声を大切にしないといけないという思いで歌集を出版することにいたしました。

五行歌を愛した十八年間には、楽しいことも嬉しいことも辛いことも苦しいこともたくさんありました。父が亡くなり母を看るようになりました。傍にいる母の歌をたくさん詠むようになりました。妻が乳癌という病に侵されてしまい妻の歌と息子家族と孫の歌もたくさん詠むようになりました。父の死、母の死、歌友の死という悲しい経験もしてきました。今回、歌集の歌を選ぶために一首一首を何度も読み返してみました。その歌一首毎にいろいろな景色や背景があり、思い出がたくさん浮かんできました。これまで五行歌を愛し続けて詠んで良かったと思います。各歌会の歌人たちとの友好の輪の中にいられる幸せを感じています。

歌集名『母よ　妻よ』は草壁焰太先生が付けて下さいました。この歌集を編むに当たり、ご指導下さった草壁焰太先生、三好叙子さん、編集して下さった水源純さん、美しい装丁をして下さったしづくさん、お手伝いをしていただいた事務局の方々に心から感謝申し上げます。生きていれば一番喜んでくれたであろう父母に今更ながら感謝を込めて。そして最後に、五行歌を愛する私を支えてくれた妻に感謝を込めて。

今後とも全国の五行歌を愛する皆様にお世話になりながら、五行歌を書き続けてまいります。

大村勝之

令和二年八月吉日

大村勝之（おおむら かつゆき）
1945年　栃木県生まれ。埼玉県さいたま市在住。
1964年　岩倉高等学校運輸科卒業
1964年　日本国有鉄道入社
1987年　民営分割により東日本旅客鉄道株式会社
2003年　五行歌の会入会　同人
大宮五行歌会代表

五行歌集《ごぎょうかしゅう》　母よ 妻よ

2020年9月7日　初版第1刷発行

著　者　　大村 勝之
発行人　　三好 清明
発行所　　株式会社 市井《しせい》社
〒162-0843
東京都新宿区市谷田町3-19 川辺ビル1F
電話　03-3267-7601
http://5gyohka.com/shiseisha/

印刷所　　創栄図書印刷 株式会社
装　画　　荻野晴子
装　丁　　しづく

ISBN978-4-88208-177-7

五行歌五則

一、五行歌は、和歌と古代歌謡に基いて新たに創られた新形式の短詩である。

一、作品は五行からなる。例外として、四行、六行のものも稀に認める。

一、一行は一句を意味する。改行は言葉の区切り、または息の区切りで行う。

一、字数に制約は設けないが、作品に詩歌らしい感じをもたせること。

一、内容などには制約をもうけない。

五行歌とは

五行歌とは、五行で書く歌のことです。万葉集以前の日本人は、自由に歌を書いていました。その古代歌謡にならって、現代の言葉で同じように自由に書いたのが、五行歌です。五行にする理由は、古代でも約半数が五句構成だったためです。

この新形式は、約六十年前に、五行歌の会の主宰、草壁焔太が発想したもので、一九九四年に約三十人で会はスタートしました。五行歌は現代人の各個人の独立した感性、思いを表すのにぴったりの形式であり、誰にも書け、誰にも独自の表現を完成できるものです。

このため、年々会員数は増え、全国に百数十の支部があり、愛好者は五十万人にのぼります。

五行歌の会　http://5gyohka.com/
〒162-0843 東京都新宿区市谷田町三―一九
川辺ビル一階
電話　〇三（三二六七）七六〇七
ファクス　〇三（三二六七）七六九七